Nikolaï Vassilievitch Gogol

Le Journal d'un fou

Texte et illustration de couverture : © domaine public
Edition : Culturea (Hérault, 34)
Contact : infos@culturea.fr
Retrouvez notre catalogue sur http://culturea.fr
Imprimé en Allemagne par Books on Demand
Design typographique : Derek Murphy
Layout : Reedsy (https://reedsy.com/)

Dépôt légal : janvier 2023
Tous droits réservés pour tous pays

ISBN : 9791041912377

Table des matières

Le 3 octobre.

Il m'est arrivé aujourd'hui une aventure étrange. Je me suis levé assez tard, et quand Mavra m'a apporté mes bottes cirées, je lui ai demandé l'heure. Quand elle m'a dit qu'il était dix heures bien sonnées, je me suis dépêché de m'habiller. J'avoue que je ne serais jamais allé au ministère, si j'avais su d'avance quelle mine revêche ferait notre chef de section. Voilà déjà un bout de temps qu'il me dit : « Comment se fait-il que tu aies toujours un pareil brouillamini dans la cervelle, frère ? Certains jours, tu te démènes comme un possédé, tu fais un tel gâchis que le diable lui-même n'y retrouverait pas son bien, tu écris un titre en petites lettres, tu n'indiques ni la date ni le numéro. » Le vilain oiseau ! Il est sûrement jaloux de moi, parce que je travaille dans le cabinet du directeur et que je taille les plumes de Son Excellence…Bref, je ne serais pas allé au ministère, si je n'avais pas eu l'espoir de voir le caissier et de soutirer à ce juif fût-ce la plus petite avance sur ma paie. Quel être encore que celui-ci ! Le Jugement Dernier sera là avant qu'il vous fasse jamais une avance sur votre mois, Seigneur ! Tu peux supplier, te mettre en quatre, même si tu es dans la misère, il ne te donnera rien, le vieux démon ! Et quand on pense que, chez lui, sa cuisinière lui donne des gifles ! Tout le monde sait cela.

Je ne vois pas l'intérêt qu'il y a à travailler dans un ministère. Cela ne rapporte absolument rien. À la régence de la province, à la chambre civile ou à la chambre des finances, c'est une autre paire de manches : on en voit là-bas qui sont blottis dans les coins à griffonner. Ils portent des vestons malpropres, ils ont une trogne telle qu'on a envie de cracher, mais il faut voir les villas qu'ils habitent ! Pas question de leur offrir des tasses de porcelaine dorée, ils vous répondront : « Ça c'est cadeau pour un docteur », mais une paire de trotteurs, une calèche, ou un manteau de castor dans les trois cents roubles, cela oui, on peut y aller ! À les voir, ils ont une mine paisible, et ils s'expriment d'une manière si raffinée : « Veuillez me permettre de tailler votre plume avec mon canif » ; et ensuite ils étrillent si bien le solliciteur qu'il ne lui reste plus que sa chemise. Il est vrai que chez nous, par contre, le service est distingué : partout une propreté telle qu'on n'en verra jamais de semblable à la régence de la province : des tables d'acajou, et tous les chefs se disent « vous ». Oui, j'en conviens, si ce n'était la distinction du service, il y a longtemps que j'aurais quitté le ministère.

J'avais mis ma vieille capote et emporté mon parapluie car il pleuvait à verse. Personne dans les rues : je n'ai rencontré que des femmes qui se protégeaient avec le pan de leur robe, des marchands russes sous leur parapluie et des cochers. Comme noble, il y avait juste un fonctionnaire comme moi qui traînait. Je l'ai aperçu au carrefour. Dès que je l'ai vu, je me suis dit : « Hé ! hé ! mon cher, tu ne te rends pas au ministère, tu presses le pas derrière celle qui court là-bas et tu regardes ses jambes. » Quels fripons nous sommes, nous autres, fonctionnaires ! Ma parole, nous rendrions des points à n'importe quel officier ! Qu'une dame en chapeau montre seulement le bout de son nez, et nous passons infailliblement à l'attaque !

Tandis que je réfléchissais ainsi, j'ai aperçu une calèche qui s'arrêtait devant le magasin dont je longeais la devanture. Je l'ai reconnue sur-le-champ : c'était la calèche de notre directeur. « Mais il n'a que faire dans ce magasin, me suis-je dit, c'est sans doute sa fille. » Je me suis effacé contre la muraille. Le valet a ouvert la portière et elle s'est envolée de la voiture comme un oiseau. Elle a jeté un coup d'œil à droite, à gauche, j'ai distingué dans un éclair ses yeux, ses sourcils... Seigneur mon Dieu ! j'étais perdu, perdu ! Quelle idée de sortir par une pluie pareille ! Allez soutenir maintenant que les femmes n'ont pas la passion de tous ces chiffons. Elle ne m'a pas reconnu et d'ailleurs je m'efforçais de me dissimuler du mieux que je pouvais car ma capote était très sale et, qui plus est, d'une coupe démodée. Aujourd'hui, on porte des manteaux à grand col, tandis que j'en avais deux petits l'un sur l'autre ; et puis, c'est du drap mal décati.

Sa petite chienne qui n'avait pas réussi à franchir le seuil du magasin, était restée dans la rue. Je connais cette petite chienne. Elle s'appelle Medji. Il ne s'était pas écoulé une minute que j'ai entendu soudain une voix fluette : « Bonjour, Medji ! » En voilà bien d'une autre ! Qui disait cela ? J'ai regardé autour de moi et j'ai vu deux dames qui passaient sous un parapluie : l'une vieille, l'autre toute jeune ; mais elles m'avaient déjà dépassé et, à côté de moi, la voix a retenti de nouveau : « Tu n'as pas honte, Medji ! » Quelle diablerie ! je vois Medji flairer le chien qui suivait les dames. «Hé ! hé ! me suis-je dit, mais est-ce que je ne serais pas saoul ! » Pourtant cela m'arrive rarement. « Non, Fidèle, tu te trompes (j'ai vu de mes yeux Medji prononcer ces mots), j'ai été, ouah ! ouah ! j'ai été, ouah ! ouah ! ouah ! très malade. » Voyez-moi un peu ce chien ! J'avoue que j'ai été stupéfait en l'entendant parler comme les hommes. Mais plus tard, après avoir bien réfléchi à tout cela, j'ai cessé de m'étonner.

En effet, on a déjà observé ici-bas un grand nombre d'exemples analogues. Il paraît qu'en Angleterre on a vu sortir de l'eau un poisson qui a dit deux mots dans une langue si étrange que depuis trois ans déjà les savants se penchent sur le problème sans avoir encore rien découvert. J'ai lu aussi dans les journaux que deux vaches étaient entrées dans une boutique pour acheter une livre de thé. Mais je reconnais que j'ai été beaucoup plus surpris, quand Medji a dit : « Je t'ai écrit, Fidèle ; sans doute Centaure ne t'a-t-il pas apporté ma lettre ! » Je veux bien qu'on me supprime ma paie, si de ma vie j'ai entendu dire qu'un chien pouvait écrire ! Un noble seul peut écrire correctement. Bien sûr, il y a aussi des commis de magasin et même des serfs qui sont capables de gribouiller de temps à autre en noir sur blanc : mais leur écriture est le plus souvent machinale ; ni virgules, ni points, ni style.

Je fus donc étonné. J'avoue que, depuis quelque temps, il m'arrive parfois d'entendre et de voir des choses que personne n'a jamais vues, ni entendues. « Allons, me suis-je dit, je vais suivre cette chienne et je saurai qui elle est et ce qu'elle pense. » J'ai ouvert mon parapluie et emboîté le pas aux deux dames. Elles ont pris la rue aux Pois, tourné à la rue des Bourgeois, puis à la rue des Menuisiers dans la direction du pont de Kokouchkine et se sont arrêtées devant une grande maison.

« Je connais cette maison, ai-je pensé, c'est la maison Zverkov. » C'est une véritable caserne ! Il y vit toutes espèces de gens : des cuisiniers, des voyageurs ! Et les fonctionnaires de mon espèce y sont entassés les uns sur les autres comme des chiens ! J'y ai aussi un ami qui joue gentiment de la trompette. Les dames sont donc montées au quatrième étage. « C'est bon, me suis-je dit, pour aujourd'hui, j'en reste là, mais je retiens l'endroit et ne manquerai pas d'en profiter à l'occasion.»

4 octobre.

C'est aujourd'hui mercredi, aussi me suis-je rendu dans le cabinet de notre chef. J'ai fait exprès d'arriver en avance ; je me suis installé et je lui ai taillé toutes ses plumes.

Notre directeur est certainement un homme très intelligent. Tout son cabinet est garni de bibliothèques pleines de livres. J'ai lu les titres de certains d'entre eux : tout cela, c'est de l'instruction, mais une instruction qui n'est pas à la portée d'hommes de mon acabit : toujours de l'allemand ou du français. Et quand on le regarde : quelle gravité brille dans ses yeux ! Je ne l'ai jamais entendu prononcer une parole inutile. C'est tout juste si, quand on lui remet un papier, il vous demande :

« Quel temps fait-il ?

– Humide, Votre Excellence ! »

Ah ! il n'est pas de la même pâte que nous. C'est un homme d'État. Je remarque, toutefois, qu'il a pour moi une affection particulière. Si sa fille, elle aussi… Eh ! canaillerie… C'est bon, c'est bon… Je me tais !

J'ai lu *l'Abeille du Nord*. Quels imbéciles que ces Français ! Qu'est-ce qu'ils veulent donc ? Ma parole, je les ferais tous arrêter et passer aux verges ! J'ai lu aussi dans le journal le compte rendu d'un bal, décrit avec grâce par un propriétaire de Koursk. Les propriétaires de Koursk écrivent bien. Après cela, j'ai vu qu'il était midi et demi passé et que notre chef ne sortait toujours pas de sa chambre. Mais vers une heure et demie il s'est produit un incident qu'aucune plume ne peut dépeindre. La porte s'est ouverte : j'ai cru que c'était le directeur et me suis levé aussitôt, mes papiers à la main. Or c'était elle, elle-même ! Saints du paradis, comme elle était bien habillée ! Elle portait une robe blanche comme du duvet de cygne : une splendeur ! Et le coup d'œil qu'elle m'a jeté ! Un soleil, par Dieu, un vrai soleil ! Elle m'a adressé un petit salut, et m'a dit : « Papa n'est pas là ? » Aïe ! Aïe ! Aïe ! quelle voix ! un canari, aussi vrai que je suis là, un canari ! « Votre Excellence, ai-je voulu dire, ne me punissez pas, mais si c'est là votre bon plaisir, châtiez-moi de votre auguste petite main. » Oui, mais, le diable m'emporte, ma langue s'est embarrassée, et je lui ai répondu seulement : « N… non. »

Elle a posé son regard sur moi, puis sur les livres et a laissé tomber son mouchoir. Je me suis précipité, ai glissé sur ce maudit parquet et peu s'en est fallu que je me décolle le nez ; mais je me suis rattrapé et j'ai ramassé le mouchoir. Saints anges, quel mouchoir ! en batiste la plus fine...de l'ambre, il n'y a pas d'autre mot ! Sans mentir, il sentait le généralat ! Elle m'a remercié d'un léger sourire qui a à peine entrouvert ses douces lèvres et elle a quitté la pièce.

Je suis resté là encore une heure. Soudain, un valet est venu me dire : « Rentrez chez vous, Auxence Ivanovitch, le maître est déjà parti ! » Je ne peux pas souffrir la société des valets : ils sont toujours à se vautrer dans les antichambres et ils ne daigneraient même pas vous faire un signe de tête. Et si ce n'était que cela ! Un jour, une de ces brutes s'est avisée de m'offrir du tabac, sans bouger de sa place ! Sais-tu bien, esclave stupide, que je suis un fonctionnaire de noble origine ? Quoi qu'il en soit, j'ai pris mon chapeau, j'ai endossé moi-même ma capote, car ces messieurs ne vous la tendent jamais, et je suis sorti.

Chez moi, je suis resté couché sur mon lit, presque toute la journée. Puis j'ai recopié de très jolis vers :

Une heure passée loin de ma mie
Me dure autant qu'une année.
Si je dois haïr ma vie,
La mort m'est plus douce, ai-je clamé

C'est sans doute Pouchkine qui a écrit cela.

Sur le soir, enveloppé dans ma capote, je suis allé jusqu'au perron de Son Excellence et j'ai fait le guet un long moment : si elle sortait pour monter en voiture je pourrais la regarder encore une petite fois...mais non elle ne s'est pas montrée.

6 novembre.

Notre chef de section est déchaîné. Quand je suis arrivé au ministère, il m'a fait appeler et a commencé ainsi :

« Dis-moi, je te prie, ce que tu fais.

— Comment cela ? Je ne fais rien, ai-je répondu.

— Allons, réfléchis bien. Tu as passé la quarantaine, n'est-ce pas ? Il serait temps de rassembler tes esprits. Qu'est-ce que tu t'imagines ? Crois-tu que je ne suis pas au courant de toutes tes gamineries ? Voilà que tu tournes autour de la fille du directeur maintenant ? Mais regarde-toi, songe une minute à ce que tu es ! Un zéro, rien de plus. Et tu n'as pas un sou vaillant. Regarde-toi un peu dans la glace, tu ne manques pas de prétention ! »

Sapristi ! Sa figure, à lui, tient de la fiole d'apothicaire ; il a sur le sommet du crâne une touffe de cheveux bouclée en toupet, il la fait tenir en l'air, l'enduit d'une espèce de pommade à la rose, et il se figure qu'il n'y a qu'à lui que tout est permis ! Je comprends fort bien pourquoi il m'en veut. Il est jaloux ; il a peut-être été surpris des marques de bienveillance toutes particulières qu'on m'a octroyées. Mais je crache sur lui ! La belle affaire qu'un conseiller aulique[1] ! Il accroche une chaîne d'or à sa montre, il se commande des bottes à trente roubles…et après ?…que le diable le patafiole ! Et moi, est-ce que mon père était roturier, tailleur, ou sous-officier ? Je suis noble. Je peux monter en grade, moi aussi. Pourquoi pas ? Je n'ai que quarante-deux ans : à notre époque, c'est l'âge où l'on commence à peine sa carrière. Attends, ami ! Nous aussi, nous

---

[1] Qui a rapport, qui appartient à la Cour, à l'entourage d'un souverain.

deviendrons colonel, et même peut-être quelque chose de mieux, si Dieu le permet. Nous nous ferons une réputation encore plus flatteuse que la tienne. Alors, tu t'es fourré dans la tête qu'il n'existait pas un seul homme convenable en dehors de toi ? Qu'on me donne seulement un habit de chez Routch, que je mette une cravate comme la tienne, et tu ne m'arriveras pas à la cheville. Je n'ai pas d'argent, c'est là le malheur.

8 novembre.

Je suis allé au théâtre. On jouait *Philatka*, le nigaud russe. J'ai beaucoup ri. Il y avait aussi un vaudeville avec des vers amusants sur les avoués, et en particulier sur un enregistreur de collège ; ces vers étaient vraiment très libres et j'ai été étonné que la censure les ait laissés passer ; quant aux marchands, on dit franchement qu'ils trompent les gens et que leurs fils s'adonnent à la débauche et se faufilent parmi les nobles. Il y a aussi un couplet fort comique sur les journalistes ; on y dit qu'ils aiment déblatérer sur tout, et l'auteur demande la protection du public. Les écrivains sortent aujourd'hui des pièces bien divertissantes.

J'aime aller au théâtre. Dès que j'ai un sou en poche, je ne peux pas me retenir d'y aller. Eh bien, parmi mes pareils, les fonctionnaires, il y a de véritables cochons qui ne mettraient pas le pied au théâtre pour un empire : les rustres ! C'est à peine s'ils se dérangeraient si on leur donnait un billet gratis ! Il y avait une actrice qui chantait à ravir. J'ai pensé à l'autre... Eh ! canaillerie !...C'est bon, c'est bon...je me tais.

9 novembre.

À huit heures, je suis allé au ministère. Notre chef de section a fait mine de ne pas remarquer mon arrivée. De mon côté, j'ai fait comme s'il n'y avait rien eu entre nous. J'ai revu et vérifié les paperasses. Je suis sorti à quatre heures. J'ai passé devant l'appartement du directeur, mais il n'y avait personne en vue. Après le dîner, je suis resté étendu sur mon lit presque tout l'après-midi.

11 novembre.

Aujourd'hui, je me suis installé dans le cabinet du directeur et j'ai taillé pour lui vingt-trois plumes, et, pour elle.., ah !... pour « Son » Excellence, quatre plumes. Il aime beaucoup avoir un grand nombre de plumes à sa disposition. Oh ! c'est un cerveau, pour sûr ! Il n'ouvre pas la bouche, mais je suppose qu'il soupèse tout dans sa tête. Je voudrais savoir à quoi il pense le plus souvent, ce qui se trame dans cette cervelle. J'aimerais observer de plus près la vie de ces messieurs. Toutes ces équivoques, ces manèges de courtisans, comment ils se conduisent, ce qu'ils font dans leur monde... Voilà ce que je désirerais apprendre !

J'ai essayé plusieurs fois d'engager la conversation avec Son Excellence, mais, sacrebleu, ma langue m'a refusé tout service : j'ai juste dit qu'il faisait froid ou chaud dehors, et je n'ai positivement rien pu sortir d'autre ! J'aimerais jeter un coup d'œil dans son salon, dont la porte est quelquefois ouverte, et dans la pièce qui est derrière. Ah ! quel riche mobilier ! quels beaux miroirs ! quelle fine porcelaine ! J'aimerais entrer une seconde là-bas, dans le coin où demeure « Son » Excellence ; voilà où je désirerais pénétrer : dans son boudoir. Comment sont disposés tous ces vases et tous ces flacons, ces fleurs qu'on a peur de flétrir avec son haleine, ses vêtements en désordre, plus semblables à de l'air qu'à des vêtements ? Je voudrais jeter un coup d'œil dans sa chambre à coucher... Là, j'imagine des prodiges, un paradis tel qu'il ne s'en trouve même pas de pareil dans les cieux. Regarder l'escabeau où elle pose son petit pied au saut du lit, la voir gainer ce petit pied d'un bas léger blanc comme neige...Aïe ! aïe ! aïe !...c'est bon c'est bon...Je me tais.

Aujourd'hui, par ailleurs, j'ai eu comme une illumination : je me suis rappelé cette conversation que j'ai surprise entre deux chiens sur la Perspective Nevski.

« C'est bon, me suis-je dit, maintenant, je saurai tout. Il faut intercepter la correspondance qu'entretiennent ces sales cabots. Alors, j'apprendrai sûrement quelque chose. J'avoue qu'une fois même, j'ai appelé Medji et lui ai dit :

« Écoute, Medji, nous sommes seuls, tu le vois ; si tu veux, je peux aussi fermer la porte, ainsi personne ne nous verra. Dis-moi tout ce que tu sais de ta maîtresse. Que fait-elle ? Qui est-elle ? Je te jure de ne rien dire à personne. »

Mais ce rusé animal a serré sa queue entre ses jambes, s'est ramassé de plus belle et a gagné la porte comme s'il n'avait rien entendu.

Il y a longtemps que je soupçonne que le chien est beaucoup plus intelligent que l'homme. Je suis même persuadé qu'il peut parler mais qu'il y a en lui une espèce d'obstination. C'est un remarquable politique : il observe tout, les moindres pas de l'homme. Oui, coûte que coûte, j'irai dès demain à la maison Zverkov ; j'interrogerai Fidèle et, si j'en trouve le moyen, je saisirai toutes les lettres que lui a écrites Medji.

12 novembre.

À deux heures de l'après-midi, je suis sorti de chez moi, dans l'intention bien arrêtée de trouver Fidèle et de l'interroger. Je ne peux pas supporter cette odeur de chou qui se dégage de toutes les petites boutiques de la rue des Bourgeois ; de plus, il vous parvenait de chaque porte cochère une telle puanteur que je me suis sauvé à toutes jambes en me bouchant le nez. Et puis, ces coquins d'artisans laissent échapper de leurs ateliers une si grande quantité de suie et de fumée qu'il est décidément impossible de se promener par ici.

Arrivé au cinquième étage, j'ai sonné. Une jeune fille m'a ouvert la porte : pas mal faite, avec des petites taches de rousseur. Je l'ai reconnue : c'était celle-là même qui marchait à côté de la vieille. Elle a rougi légèrement, et j'ai tout de suite vu de quoi il retournait : « Toi, ma belle, tu as envie d'un fiancé. »

« Vous désirez ? m'a-t-elle dit.

– J'ai besoin de parler à votre chienne. »

Que cette fille était sotte ! J'ai compris immédiatement qu'elle était sotte ! À ce moment, la chienne a accouru en aboyant ; j'ai voulu l'attraper, mais cet ignoble animal a manqué refermer ses mâchoires sur mon nez ! J'ai malgré tout aperçu sa corbeille dans un coin. Hé ! voilà ce qu'il me faut ! Je m'en suis approché. J'ai retourné la paille du panier et, à mon extrême satisfaction, en ai retiré une mince liasse de petits papiers. Cette sale chienne, en voyant cela, m'a tout d'abord mordu au mollet, puis, quand elle a senti que j'avais pris les lettres, elle s'est mise à glapir et à me faire des caresses : « Non, ma chère, adieu ! » et je suis parti bien vite.

Je crois que la jeune fille m'a pris pour un fou car elle a semblé extrêmement effrayée. Rentré chez moi, j'ai voulu sur l'heure me mettre au travail et déchiffrer ces lettres, car je n'y vois pas très bien à la lumière de la bougie. Mais Mavra s'était avisée de laver le plancher. Ces idiotes de Finnoises ont toujours des idées de propreté au mauvais moment ! Alors, je suis parti faire un tour et méditer sur l'événement. Ce coup-ci, enfin, je vais savoir toutes ses actions et ses pensées tous ses mobiles, je vais enfin démêler tout cela. Ce sont ces lettres qui vont m'en donner la clef. Les chiens sont des gens intelligents, au fait de toutes les relations politiques, et sans doute vais-je trouver tout là-dedans : le portrait et les moindres actions de cet homme. Et il y sera bien fait aussi une petite allusion à celle qui...c'est bon, je me tais ! Je suis rentré chez moi à la fin de l'après-midi. Je suis resté couché sur mon lit une bonne partie de la soirée.

13 novembre.

Eh bien, voyons : cette lettre est calligraphiée assez lisiblement. Pourtant, il y a un je ne sais quoi de canin dans ces caractères. Lisons :

« Chère Fidèle,

Je ne peux décidément pas m'habituer à ce nom bourgeois. Comme s'ils ne pouvaient pas t'en donner un plus élégant ! Fidèle, Rose, comme c'est vulgaire ! Mais laissons cela. Je suis très contente que nous ayons décidé de nous écrire. »

Cette lettre est écrite très correctement. La ponctuation et les accents sont toujours à leur place. À parler franchement, notre chef de section lui-même n'écrit pas aussi bien, quoiqu'il nous rebatte les oreilles de l'université où il a fait ses études. Voyons la suite :

« Il me semble que partager ses pensées, ses sentiments et ses impressions avec autrui est un des plus grands bonheurs sur cette terre. »

Hum ! Cette réflexion est puisée dans un ouvrage traduit de l'allemand. J'en ai oublié le titre.

« Je dis cela par expérience, quoique je n'aie pas couru le monde au-delà de la porte cochère de notre maison. Ma vie ne s'écoule-t-elle pas dans le bien-être ? Ma maîtresse, que papa appelle Sophie, m'aime à la folie. »

Aïe ! aïe !…C'est bon, c'est bon, je me tais.

« Papa lui aussi me caresse très souvent. Je bois du thé et du café avec de la crème. Ah ! ma chère, je dois te dire que je ne trouve aucun agrément à ces énormes os rongés que dévore à la cuisine notre Centaure. Il n'y a que les os de gibier qui sont savoureux, surtout quand personne n'en a encore sucé la moelle. J'aime beaucoup qu'on mélange plusieurs sauces, mais sans câpres et sans herbes potagères ; je ne sais rien de pire que l'habitude de donner aux chiens des boulettes de pain. Un quelconque monsieur assis à table et dont les mains ont tripoté toutes sortes de saletés se met à pétrir de la mie de pain avec ces mêmes mains, vous appelle et vous fourre sa boulette dans la gueule ! Et c'est impoli de refuser, alors on la mange : avec dégoût, mais on la mange tout de même…»

Le diable sait ce que cela veut dire ! Quelle absurdité ! Comme s'il n'y avait pas de sujets plus intéressants à traiter !

Voyons la page suivante. Peut-être y trouverons-nous quelque chose de plus sensé.

« …Je me ferai un plaisir de te tenir au courant de tous les événements qui se produisent chez nous. Je t'ai déjà donné quelques détails sur le personnage principal que Sophie appelle Papa. C'est un homme très étrange. »

Ah ! enfin ! Oui, je sais : ils ont des vues politiques sur tous les sujets. Voyons ce qui concerne Papa :

« ..un homme très étrange. Il se tait le plus souvent. Il ouvre rarement la bouche, mais, il y a huit jours il n'arrêtait pas de répéter tout seul : "Est-ce qu'on me le donnera, oui ou non ?" Il prenait une feuille de papier à la main, en pliait une autre, vide, et disait : "Est-ce qu'on me le donnera, oui ou non ?" Un jour même, il s'est tourné vers moi et m'a demandé : "Qu'en penses-tu, Medji ? Est-ce qu'on me le donnera, oui ou non ?" Je n'y ai compris goutte ; j'ai reniflé ses bottes et me suis éloignée. Puis, ma chère, une semaine plus tard, Papa est rentré tout joyeux. Toute la matinée, des messieurs en uniforme sont venus le féliciter. À table, il était plus gai que jamais et ne tarissait pas d'anecdotes. Après le dîner, il m'a soulevée jusqu'à son cou et m'a dit : "Regarde, Medji ? Qu'est-ce que c'est que cela ?" J'ai vu un ruban. Je l'ai reniflé mais ne lui ai trouvé aucun arôme ; enfin, je lui ai donné un coup de langue, sans me faire voir… c'était un peu salé. »

Hum ! Il me semble que cette chienne est par trop…Elle mérite le fouet ! Ainsi, notre homme est un ambitieux ! Il faut en prendre bonne note.

« …Adieu, ma chère ! Je me sauve, etc. etc. je terminerai ma lettre demain.

« Bonjour ! nous voici de nouveau réunies. Aujourd'hui, ma maîtresse Sophie...»

Ah ! Voyons ce que fait Sophie ! Eh, canaillerie ! C'est bon... c'est bon...poursuivons.

« ...ma maîtresse Sophie était dans tous ses états. Elle se préparait à partir au bal et je me suis réjouie de pouvoir t'écrire en son absence. Ma Sophie est toujours ravie d'aller au bal, quoiqu'elle se mette toujours très en colère en faisant sa toilette. Je ne comprends nullement, ma chère, le plaisir d'aller au bal. Sophie revient vers six heures du matin et, presque chaque fois, je devine à son pauvre visage pâle, qu'on ne lui a rien donné à manger là-bas, la malheureuse enfant ! Je ne pourrais jamais vivre ainsi, je l'avoue. Si on ne me donnait pas de ces gelinottes en sauce, ou une aile de poulet...je ne sais ce que je deviendrais. La bouillie à la sauce est bonne aussi. Mais les carottes, les navets, ou les artichauts...ce n'est jamais bon...»

Style extrêmement inégal. On voit tout de suite que ce n'est pas un homme qui a écrit cela. Cela commence comme il faut, puis cela finit à la manière chien. Regardons encore un de ces billets. C'est un peu longuet. Hum ! la date n'est même pas indiquée !

« Ah ! ma chère, comme l'approche du printemps se fait sentir ! Mon cœur bat à tout propos, comme s'il attendait quelque chose. Mes oreilles bourdonnent sans cesse. Parfois, je reste plusieurs minutes de suite, une patte en l'air, à écouter aux portes. Je ne te cacherai pas que j'ai beaucoup de galants. Souvent je les observe, assise derrière la fenêtre. Ah ! si tu savais quels monstres on voit parmi eux ! Il y a un mâtin taillé à la hache, effroyablement bête, sa bêtise est écrite sur son visage ; il se promène dans la rue avec des airs supérieurs et il s'imagine qu'il est un personnage considérable, il croit qu'on n'a d'yeux que pour lui, ma parole ! Il n'en est rien ! Je ne fais pas plus attention à lui que si je ne le voyais pas. Et cet horrible dogue qui stationne devant ma fenêtre ! S'il se dressait sur ses pattes de derrière (ce qu'il est certainement incapable de faire, le rustre !), il dépasserait de toute la tête le Papa de ma Sophie, qui est déjà d'une taille et d'une corpulence respectables. Ce malotru est visiblement d'une impudence sans pareille. J'ai grogné une ou deux fois après lui, mais c'est le cadet de ses soucis ! Il ne sourcille même pas ! Il fixe ma croisée, les oreilles basses, la langue pendante... un vrai paysan ! Mais tu penses bien, ma chère, que mon cœur ne reste pas indifférent à toutes les sollicitations... loin de là !... Si tu voyais ce cavalier qui escalade la clôture de la maison voisine, et qui a nom Trésor ! Ah ! ma chère, la jolie frimousse que la sienne ! »

Pouah ! Au diable !... Quelle abomination ! Et comment peut-on remplir une lettre de semblables inepties ! Qu'on m'amène un homme ! Je veux voir un homme ; je réclame une nourriture dont mon âme se repaisse et se délecte ; tandis que ces niaiseries...Tournons la page, ce sera peut-être mieux :

« ...Sophie cousait, assise près d'un guéridon. Je regardais par la fenêtre, car j'aime surveiller les passants. Tout à coup, un valet est entré et a annoncé : « Tieplov ! – Introduis-le ! » s'est écriée Sophie et elle s'est jetée vers moi pour m'embrasser. « Ah ! Medji, Medji, si tu savais qui c'est : Il est brun, gentilhomme de la chambre, et il a des yeux noirs et étincelants comme la braise ! » Et Sophie s'est sauvée dans ses appartements. Une minute plus tard, est entré un jeune gentilhomme de la chambre avec des favoris noirs ; il s'est approché de la glace, a rectifié sa coiffure et a fait le tour de la pièce. J'ai poussé un petit grognement et me suis tapie dans mon coin. Sophie est arrivée peu après et a répondu joyeusement à sa révérence ; moi, je continuais tranquillement à regarder par la fenêtre comme si de rien n'était ; mais j'ai penché légèrement la tête et me suis efforcée de comprendre de quoi ils s'entretenaient. Ah ! ma chère, quelles sottises ils disaient ! Ils racontaient qu'une dame, au milieu d'une danse, avait exécuté telle figure au lieu de telle autre ; ou qu'un certain Bobov, qui ressemblait à s'y méprendre à une cigogne avec son jabot, avait failli tomber. Qu'une dame Lidina s'imaginait avoir les yeux bleus, alors qu'elle les avait verts...et tout à l'avenant. Il ferait beau voir comparer ce gentilhomme à Trésor ! me suis-je dit en moi-même. Ciel ! quelle différence ! Premièrement, ce monsieur a un visage large et absolument plat avec des favoris autour, comme s'il l'avait enveloppé d'un fichu noir ; tandis que Trésor a des traits fins et une tache blanche juste sur le front. Quant à la taille de Trésor, il n'est même pas besoin de la comparer à celle du gentilhomme de la chambre. Et les yeux, les manières, l'allure sont tout à fait autres. Oh ! quelle différence ! Je ne sais pas, ma chère, ce qu'elle trouve à son Tieplov. Pourquoi en est-elle tellement entichée ?...»

Il me semble aussi qu'il y a là quelque chose qui cloche. Il est impossible que Tieplov ait pu la charmer à ce point. Voyons plus loin :

« Si ce jeune homme trouve grâce à ses yeux, je ne vois pas pourquoi il n'en irait pas bientôt de même de ce fonctionnaire qui travaille dans le cabinet de Papa. Ah ! ma chère, si tu voyais cet avorton !...»

Qui cela peut-il être ?...

« Il a un nom de famille très bizarre. Il reste assis toute la journée à tailler des plumes. Ses cheveux ressemblent à du foin. Papa l'emploie toujours pour faire les commissions...»

On dirait que c'est à moi que ce vilain chien fait allusion. Où prend-il que mes cheveux ressemblent à du foin ?

« Sophie ne peut se retenir de rire quand elle le regarde. »

Tu mens, maudit cabot ! L'abominable langage ! Comme si je ne savais pas que c'est là l'ouvrage de la jalousie ! Comme si je ne savais pas de qui c'est le fait. Ce sont les menées de mon chef de section. Cet homme m'a juré une haine implacable et il s'acharne à me faire tort à chaque pas. Lisons encore une de ces lettres. Peut-être tout cela va-t-il s'éclairer de soi-même.

« Ma chère Fidèle,

Tu m'excuseras d'être restée si longtemps sans t'écrire. J'ai vécu dans une parfaite ivresse. C'est avec raison qu'un écrivain a dit que l'amour était une seconde vie. Et puis, il y a maintenant de grands changements chez nous. Le gentilhomme de la chambre vient nous voir tous les jours. Sophie l'aime à la folie. Papa est très gai. J'ai même entendu dire à notre Grégoire, qui parle presque toujours tout seul en balayant les parquets, que le mariage aurait lieu bientôt, car Papa veut absolument voir Sophie mariée soit à un général, soit à un gentilhomme de la chambre, soit à un colonel...»

Malédiction ! Je ne peux pas en lire davantage... C'est toujours un gentilhomme de la chambre ou un général. Tout ce qu'il y a de meilleur au monde échoit toujours aux gentilshommes de la chambre ou aux généraux. On se procure une modeste aisance, on croit l'atteindre, et un gentilhomme de la chambre ou un général vous l'arrache sous le nez. Nom d'un chien ! Ce n'était pas pour obtenir sa main et autres choses de ce genre que je voulais devenir général. Non, si je voulais être général c'était pour les voir s'empresser autour de moi, se livrer à tous ces manèges et équivoques de courtisans, et leur dire ensuite : « Vous deux, je vous crache dessus ! » Sapristi ! comme c'est vexant ! J'ai déchiré en petits morceaux les lettres de cette chienne stupide !

3 décembre.

C'est impossible, cela ne tient pas debout. Ce mariage ne se fera pas ! Il est gentilhomme de la chambre, et après ? Ce n'est qu'une distinction : ce n'est pas une chose visible qu'on puisse prendre dans ses mains. Ce n'est pas parce qu'il est gentilhomme de la chambre qu'il lui viendra un troisième œil au milieu du front. Son nez n'est pas en or, que je sache, mais tout pareil au mien, au nez de n'importe qui ; il lui sert à priser, et non à manger, à éternuer, et non à tousser. J'ai déjà plusieurs fois essayé de démêler l'origine de toutes ces différences. Pourquoi suis-je conseiller titulaire, et à quel propos ? Peut-être que je suis comte ou général et que j'ai seulement l'air comme ça d'être un conseiller titulaire ? Peut-être que j'ignore moi-même qui je suis. Il y en a de nombreux exemples dans l'histoire : un homme ordinaire, sans parler d'un noble, un simple bourgeois ou un paysan, découvre subitement qu'il est un grand seigneur, ou un baron ou quelque chose d'approchant. Si un si illustre personnage peut sortir d'un moujik, que sera-ce s'il s'agit d'un noble ! Si, par exemple, je descendais dans la rue en uniforme de général : une épaulette sur l'épaule droite, une autre sur l'épaule gauche et un ruban bleu ciel en écharpe ? Sur quel ton chanterait alors ma dame ? Et que dirait Papa, notre directeur ? Oh ! c'est un grand ambitieux ! Un franc-maçon, sans aucun doute ; bien qu'il fasse semblant d'être ceci et cela, j'ai tout de suite deviné qu'il était franc-maçon : quand il tend la main à quelqu'un, il n'avance que deux doigts. Est-ce que je ne peux pas, à l'instant même.., être promu général-gouverneur ou intendant, ou quelque chose de ce genre ? Je voudrais savoir pourquoi je suis conseiller titulaire ? Pourquoi précisément conseiller titulaire ?

5 décembre.

Aujourd'hui, j'ai lu les journaux toute la matinée. Il se passe de drôles de choses en Espagne. Je ne comprends même pas très bien. On dit que le trône est vacant, que les dignitaires sont embarrassés pour choisir un héritier, et que cela provoque des émeutes. Cela me paraît tout à fait étrange. Comment le trône peut-il être vacant ? On dit qu'une certaine *doña* doit monter sur le trône. Une *doña* ne peut pas monter sur le trône. En aucune façon. Sur le trône, il faut un roi. Mais ils disent qu'il n'y a pas de roi ; il est impossible qu'il n'y ait pas de roi. Un État ne peut exister sans roi. Il y en a un, mais on ignore où il se trouve. Il est même peut-être là-bas, mais des raisons de famille ou des craintes du côté des puissances voisines, à savoir la France et les autres pays, l'obligent à se cacher ; ou peut-être y a-t-il là d'autres motifs.

8 décembre.

J'étais tout à fait décidé à me rendre au ministère, mais différentes raisons et réflexions m'en ont empêché. Les affaires d'Espagne ne peuvent toujours pas me sortir de l'esprit. Comment se peut-il qu'une *doña* devienne reine ? On ne le permettra pas. Et d'abord, l'Angleterre s'y opposera. Et puis, il y a la situation politique de toute l'Europe : l'empereur d'Autriche, notre empereur…J'avoue que ces événements m'ont tellement abattu, ébranlé que je n'ai absolument rien pu faire de toute la journée. Mavra m'a fait remarquer que j'étais très distrait à table. En effet, j'ai, par distraction sans doute, jeté deux assiettes sur le plancher : elles ont aussitôt volé en éclats. Après le dîner, je suis allé me promener aux montagnes russes.

Je n'ai rien pu en tirer d'instructif. Je suis demeuré sur mon lit le reste du temps, à réfléchir aux affaires d'Espagne

An 2000. 43e jour d'avril.

Aujourd'hui est un jour de grande solennité ! L'Espagne a un roi. On l'a trouvé. Ce roi, c'est moi. Ce n'est qu'aujourd'hui que je l'ai appris. J'avoue que j'ai été brusquement comme inondé de lumière. Je ne comprends pas comment j'ai pu penser, m'imaginer que j'étais conseiller titulaire. Comment cette pensée extravagante a-t-elle pu pénétrer dans mon cerveau ? Il est encore heureux que personne n'ait songé alors à me faire enfermer dans une maison de santé. Maintenant, tout m'est révélé. Maintenant, tout est clair... Avant, je ne comprenais pas, avant, tout était devant moi dans une espèce de brouillard.

Tout ceci vient, je crois, de ce que les gens se figurent que le cerveau de l'homme est logé dans son crâne ; pas du tout : il est apporté par un vent qui souffle de la mer Caspienne. J'ai tout de suite révélé à Mavra qui j'étais. Quand elle a appris qu'elle avait devant elle le roi d'Espagne, elle s'est frappé les mains l'une contre l'autre et a failli mourir de frayeur. Cette sotte n'avait encore jamais vu de roi d'Espagne ! Je me suis malgré tout efforcé de la tranquilliser et de l'assurer, en termes gracieux, de ma bienveillance ; je lui ai dit que je ne lui gardais pas la moindre rancune d'avoir quelquefois mal ciré mes bottes. Ces gens sont ignorants. On ne peut pas les entretenir de sujets élevés. Elle a pris peur parce qu'elle était convaincue que tous les rois d'Espagne ressemblent à Philippe II ! Mais je lui ai expliqué qu'il n'y avait rien de commun entre Philippe et moi.

Je ne suis pas allé au ministère. Le diable les emporte ! Non, mes amis, maintenant vous ne m'y prendrez plus ; je ne vais pas continuer à recopier vos sales paperasses !

86e jour de Martobre. Entre le jour et la nuit.

Aujourd'hui, l'huissier est venu me dire de me rendre au ministère, car il y avait plus de trois semaines que je n'assurais plus mon service.

Je suis allé au ministère pour rire. Notre chef de section pensait que j'allais lui faire des révérences et lui adresser des excuses, mais je l'ai regardé d'un air indifférent, ni trop courroucé ni trop bienveillant, et je me suis assis à ma place, comme si je ne remarquais rien... J'ai regardé toute cette vermine administrative et me suis dit : « Si vous saviez qui est assis parmi vous, que se passerait-il ? » Seigneur Dieu ! quel tohu-bohu cela soulèverait ! Le chef de section lui-même me ferait un salut jusqu'à la ceinture, comme il fait maintenant pour le directeur. On a placé des papiers devant moi, afin que j'en fasse un résumé. Mais je ne les ai même pas effleurés du bout des doigts.

Quelques minutes plus tard, tout le monde s'est mis à s'agiter. On avait dit que le directeur allait venir. Beaucoup de fonctionnaires ont couru, à qui se présenterait le plus vite devant lui. Mais je n'ai pas bougé. Quand il a traversé notre bureau, tous ont boutonné leurs habits ; moi, j'ai fait comme si de rien n'était ! Qu'est-ce que c'est qu'un directeur ? Que je me lève devant lui ? Jamais ! Quel directeur est-ce là ? C'est un bouchon, pas un directeur. Un bouchon ordinaire, un simple bouchon, rien de plus. Comme ceux qui servent à boucher les bouteilles.

Ce qui m'a amusé plus que tout, c'est quand ils m'ont glissé des papiers, pour que je les signe. Ils s'imaginaient que j'allais écrire tout en bas de la feuille : chef de bureau un tel. Allons donc ! J'ai gribouillé, bien en vue, là où signe le directeur du département : « Ferdinand VIII. » Il fallait voir le silence respectueux qui a régné alors ! Mais j'ai fait seulement un petit geste de la main, en disant : « Je ne veux aucun témoignage de soumission ! » et je suis sorti.

Du bureau, je me suis rendu tout droit à l'appartement du directeur. Il n'était pas chez lui. Le valet a voulu m'empêcher d'entrer, mais je lui ai dit deux mots : les bras lui en sont tombés. J'ai gagné directement le cabinet de toilette. Elle était assise devant son miroir : elle s'est levée brusquement et a fait un pas en arrière. Mais je ne lui ai pas dit que j'étais le roi d'Espagne. Je lui ai dit seulement qu'elle ne pouvait même pas s'imaginer le bonheur qui l'attendait, et que nous serions réunis, malgré les machinations de nos ennemis. Je n'ai rien voulu ajouter de plus et j'ai quitté la pièce.

Oh ! quelle créature rusée que la femme ! C'est seulement maintenant que j'ai compris ce qu'est la femme. Jusqu'à présent, personne ne savait de qui elle est amoureuse : je suis le premier à l'avoir découvert. La femme est amoureuse du diable. Oui, sans plaisanter. Les physiciens écrivent des absurdités, qu'elle est ceci, cela… Elle n'aime que le diable. Voyez là-bas, celle qui braque ses jumelles de la loge du second rang. Vous croyez qu'elle regarde ce personnage bedonnant décoré d'une plaque ? Vous n'y êtes pas, elle regarde le diable qui se tient debout derrière lui. Tenez, le voilà qui se dissimule sous son habit. Il lui fait signe du doigt ! Et elle l'épousera. Elle l'épousera !

Et tous ceux que vous voyez là, tous ces pères de famille gradés, tous ces hommes qui font des pirouettes dans toutes les directions et qui prennent la Cour d'assaut, en disant qu'ils sont patriotes, et patati et patata : des fermes, des fermes, voilà ce que veulent ces patriotes ! Leur père, leur mère, Dieu lui-même ils le vendraient pour de l'argent, les ambitieux, les Judas ! Et cette ambition illimitée provient de ce qu'ils ont sous la luette une vésicule qui contient un vermisseau de la grosseur d'une tête d'épingle ; c'est un barbier de la rue aux Pois qui fait tout cela. J'ai oublié son nom ; mais on sait de source certaine qu'il veut, avec l'aide d'une sage-femme, répandre le mahométisme dans le monde entier, et on dit que c'est pour cela que la plus grande partie du peuple français confesse la foi de Mahomet.

Pas de date. Ce jour-là était sans date.

Je me suis promené incognito sur la Perspective Nevski. Sa Majesté l'Empereur a passé en voiture. Toute la ville a ôté ses bonnets et j'ai fait de même ; pourtant, je n'ai nullement laissé voir que j'étais le roi d'Espagne. J'ai jugé inconvenant de me faire connaître aussitôt devant tout le monde ; car il faut avant tout que je me présente à la Cour. Ce qui m'a arrêté, c'est que je n'ai pas encore le costume national espagnol. Si je pouvais au moins me procurer une cape. Je voulais en commander une à un tailleur, mais ce sont de véritables ânes ; de plus, ils négligent totalement leur travail : ils se sont lancés dans la spéculation et, le plus souvent, ils pavent les chaussées. J'ai eu l'idée de me faire une cape dans mon uniforme neuf que je n'ai porté que deux fois en tout et pour tout. Mais pour que ces vauriens ne me la massacrent pas, j'ai décidé de la faire moi-même, en fermant la porte à clef pour n'être vu de personne. Je l'ai tailladé de bout en bout avec mes ciseaux, car la coupe doit être tout autre.

**J'ai oublié la date. Il n'y a pas eu de mois non plus.
C'était le diable sait quoi.**

Ma cape est achevée et cousue. Mavra a poussé un cri quand je l'ai mise. Pourtant, je ne me décide pas encore à me présenter à la Cour. La députation d'Espagne n'est toujours pas là. Sans députés, ce n'est pas convenable. Cela enlèverait tout poids à ma dignité. Je les attends d'un instant à l'autre.

Le 1er·

Cette lenteur des députés m'étonne prodigieusement. Quelles sont les raisons qui ont pu les retarder ? La France, peut-être ? Oui, c'est la nation la moins bien disposée. Je suis allé demander à la poste si les députés espagnols n'étaient pas arrivés, mais le directeur qui est parfaitement stupide, ne sait rien. Il m'a dit : « Non, il n'y a aucun député espagnol, mais si vous voulez écrire des lettres, nous les prendrons au cours fixé. » Qu'il aille se faire pendre ! Qu'est-ce qu'une lettre ? Une absurdité. Ce sont les apothicaires qui écrivent des lettres…

Madrid, 30 février.

Voilà, je suis en Espagne ; cela s'est fait si rapidement que j'ai à peine eu le temps de m'y reconnaître. Ce matin, les députés espagnols se sont présentés chez moi, et je suis monté en voiture avec eux. Cette extraordinaire précipitation m'a paru étrange. Nous avons marché à tel train que nous avions atteint la frontière d'Espagne une demi-heure plus tard. D'ailleurs, il est vrai que maintenant il y a des chemins de fer dans toute l'Europe et que les bateaux à vapeur vont extrêmement vite.

Curieux pays que l'Espagne : quand nous sommes entrés dans la première pièce, j'y ai aperçu une foule d'hommes à la tête rasée. Mais j'ai deviné que cela devait être ou des grands, ou des soldats, car ils se rasent la tête. Ce qui m'a paru extrêmement bizarre, c'est la conduite du chancelier d'Empire : il m'a pris par le bras, m'a poussé dans une petite chambre, et m'a dit : « Reste là, et si tu racontes que tu es le roi Ferdinand, je te ferai passer cette envie. » Sachant que ce n'était qu'une épreuve, j'ai répondu négativement. Alors le chancelier m'a donné deux coups de bâton sur le dos, si douloureux que j'ai failli pousser un cri, mais je me suis dominé, me rappelant que c'était un rite de la chevalerie, lors de l'entrée en charge d'un haut dignitaire : en Espagne, ils observent encore les coutumes de la chevalerie.

Resté seul, j'ai voulu m'occuper des affaires de l'État. J'ai découvert que la Chine et l'Espagne ne sont qu'une seule et même terre et que c'est seulement par ignorance qu'on les considère comme des pays différents. Je conseille à tout le monde d'écrire « Espagne » sur un papier ; cela donnera : « Chine. » Mais j'ai été profondément affligé d'un événement qui doit se produire demain. Demain, à sept heures, s'accomplira un étrange phénomène : la terre s'assiéra sur la lune. Le célèbre chimiste anglais Wellington lui-même en parle. J'avoue que j'ai ressenti une vive inquiétude, lorsque je me suis imaginé la délicatesse et la fragilité extraordinaire de la lune. On sait que la lune se fait habituellement à Hambourg, et d'une façon abominable. Je m'étonne que l'Angleterre n'y fasse pas attention. C'est un tonnelier boiteux qui la fabrique et il est clair que cet imbécile n'a aucune notion de la lune. Il y met un câble goudronné et une mesure d'huile d'olive ; il se répand alors sur toute la terre une telle puanteur qu'il faut se boucher le nez. De là vient que la lune elle-même est une sphère si délicate et que les hommes ne peuvent y vivre. Pour l'instant elle n'est habitée que par des nez. Et voilà pourquoi nous ne pouvons voir nos nez : ils se trouvent tous dans la lune.

Quand j'ai pensé que la terre, matière pesante, pouvait réduire nos nez en poudre en s'asseyant dessus, j'ai été saisi d'une angoisse telle que j'ai enfilé mes bas et mes chaussures et me suis rendu en hâte dans la salle du conseil d'État pour donner ordre à la police d'empêcher la terre de s'asseoir sur la lune. Les grands à tête rasée que j'avais aperçus en nombre dans la salle du conseil d'État sont des gens très intelligents. Quand je leur ai dit : « Messieurs, sauvons la lune, car la terre veut s'asseoir dessus», ils se sont tous précipités à l'instant pour exécuter ma volonté souveraine et beaucoup ont grimpé aux murs pour attraper la lune ; mais à ce moment est entré le grand chancelier. En le voyant, tous se sont enfuis. Comme je suis le roi, je suis resté seul. Mais le chancelier, à ma stupéfaction, m'a donné un coup de bâton et m'a reconduit de force dans ma chambre. Si grand est le pouvoir des coutumes populaires en Espagne !

Janvier de la même année, qui a succédé à février.

Je ne peux arriver à comprendre quel pays est l'Espagne. Les usages populaires et les règles de l'étiquette de la Cour y sont tout à fait extraordinaires. Je ne comprends pas, décidément je n'y comprends rien. Aujourd'hui, on m'a tondu, bien que j'aie crié de toutes mes forces que je ne voulais pas être moine. Mais je ne peux même plus me rappeler ce qu'il est advenu de moi lorsqu'ils ont commencé à me verser de l'eau froide sur le crâne. Je n'avais encore jamais enduré un pareil enfer. Pour un peu je devenais enragé, et c'est à peine s'ils ont pu me retenir. Je ne comprends pas du tout la signification de cette étrange coutume. C'est un usage stupide, absurde. La légèreté des rois qui ne l'ont pas encore aboli, me semble inconcevable.

Je suppose, selon toute vraisemblance, que je suis tombé entre les mains de l'Inquisition, et celui que j'ai pris pour le chancelier est sans doute le Grand Inquisiteur en personne. Mais je ne peux toujours pas comprendre comment il est possible qu'un roi soit soumis à l'Inquisition. Il est vrai que c'est possible de la part de la France et surtout de Polignac. Oh ! ce coquin de Polignac ! Il a juré de me faire du mal jusqu'à ma mort. Il me harcèle et me persécute. Mais, je sais, mon ami, que c'est l'Anglais qui te mène. L'Anglais est un grand politique. Il essaie de se faufiler partout. Tout le monde sait que, quand l'Angleterre prise, la France éternue.

Le 25.

Aujourd'hui, le Grand Inquisiteur est venu dans ma chambre, mais je m'étais caché sous ma chaise en entendant son pas. Voyant que je n'étais pas là, il s'est mis à m'appeler. Tout d'abord, il a crié : « Poprichtchine ! » mais je n'ai pipé mot. Ensuite : « Auxence Ivanov ! Conseiller titulaire ! Gentilhomme ! » J'ai gardé le silence. « Ferdinand VIII ! » J'ai voulu sortir la tête, mais je me suis dit : « Non, frère, tu ne me donneras pas le change ! Nous te connaissons : tu vas encore me verser de l'eau froide sur la tête. » Enfin, il m'a vu et m'a fait sortir de dessous la chaise à coups de bâton. Ce maudit bâton vous fait un mal horrible.

Mais la révélation que je viens d'avoir m'a dédommagé de tout cela : j'ai découvert que tous les coqs ont une Espagne ; elle se trouve sous leurs plumes. Le Grand Inquisiteur est sorti de chez moi furibond en me menaçant de je ne sais quel châtiment. Mais j'ai méprisé totalement sa malice impuissante, car je sais qu'il agit comme une machine, comme un instrument de l'Anglais.

Jo 34e ur Ms nnaée. 349 reirvéF.

Non, je n'ai plus la force d'endurer cela ! Mon Dieu ! que font-ils de moi ! Ils me versent de l'eau froide sur la tête. Ils ne m'écoutent pas, ne me voient pas, ne m'entendent pas. Que leur ai-je fait ? Pourquoi me tourmentent-ils ? Que veulent-ils de moi, malheureux ? Que puis-je leur donner ? Je n'ai rien.

Je suis à bout, je ne peux plus supporter leurs tortures ; ma tête brûle, et tout tourne devant moi. Sauvez-moi ! Emmenez-moi ! Donnez-moi une *troïka* de coursiers rapides comme la bourrasque ! Monte en selle, postillon, tinte, ma clochette ! Coursiers, foncez vers les nues et emportez-moi loin de ce monde ! Plus loin, plus loin, qu'on ne voie rien, plus rien. Là-bas, le ciel tournoie devant mes yeux : une petite étoile scintille dans les profondeurs ; une forêt vogue avec ses arbres sombres, accompagnée de la lune ; un brouillard gris s'étire sous mes pieds ; une corde résonne dans le brouillard ; d'un côté la mer, de l'autre l'Italie ; tout là-bas, on distingue même les *izbas* russes. Est-ce ma maison, cette tache bleue dans le lointain ? Est-ce ma mère qui est assise devant la fenêtre ? Maman ! Sauve ton malheureux fils ! Laisse tomber une petite larme sur sa tête douloureuse ! Regarde comme on le tourmente ! Serre le pauvre orphelin contre ta poitrine ! Il n'a pas sa place sur la terre ! On le pourchasse ! Maman ! Prends en pitié ton petit enfant malade !… Hé, savez-vous que le dey d'Alger a une verrue juste en dessous du nez ?